AF345151

1881. Avril. 22

CATALOGUE

DE LIVRES

ET ALBUMS

D'ARCHITECTURE ET D'ORNEMENT

PARMI LESQUELS ON REMARQUE LES ŒUVRES DE

DUCERCEAU, BERAIN, MEISSONNIER, FORTY, etc.

GRANDS OUVRAGES A FIGURES

SUPERBE MANUSCRIT DU XVᵉ SIÈCLE

Provenant de la Bibliothèque de M. P.

Dont la vente aux enchères publiques aura lieu

HOTEL DES COMMISSAIRES-PRISEURS, RUE DROUOT, Nᵒ 9

SALLE Nᵒ 4

Les Vendredi 22 et Samedi 23 Avril 1881.

A DEUX HEURES PRÉCISES.

Par le ministère de Mᵉ **GEORGES BOULLAND**, Commissaire-Priseur,
26, rue Neuve-des-Petits-Champs, 26.

Assisté de **M. CLEMENT**, Marchand d'Estampes de la Bibliothèque Nationale,
rue des Saints-Pères, 3, expert.

EXPOSITION PUBLIQUE

Le Jeudi 21 Avril 1881, de deux heures à cinq heures.

CATALOGUE

DE LIVRES

ET ALBUMS

D'ARCHITECTURE ET D'ORNEMENT

PARMI LESQUELS ON REMARQUE LES ŒUVRES DE

DUCERCEAU, BERAIN, MEISSONNIER, FORTY, etc.

GRANDS OUVRAGES A FIGURES

SUPERBE MANUSCRIT DU XVe SIÈCLE

Provenant de la Bibliothèque de M. P.

Dont la vente aux enchères publiques aura lieu

HOTEL DES COMMISSAIRES-PRISEURS, RUE DROUOT, N° 9

SALLE N° 4

Les Vendredi 22 et Samedi 23 Avril 1881,

A DEUX HEURES PRÉCISES.

Par le ministère de Me **GEORGES BOULLAND**, Commissaire-Priseur,
26, rue Neuve-des-Petits-Champs, 26.

Assisté de **M. CLEMENT**, Marchand d'Estampes de la Bibliothèque Nationale,
rue des Saints-Pères, 3, expert.

EXPOSITION PUBLIQUE

Le Jeudi 21 Avril 1881, de deux heures à cinq heures.

CONDITIONS DE LA VENTE

Elle sera faite au comptant.

Les adjudicataires payeront *cinq pour cent* en sus des enchères.

L'Expert, chargé de la vente, se réserve la faculté de rassembler ou de diviser les lots.

ORDRE DES VACATIONS

Vendredi 22 Avril. — Numéros...... ....   3 à 140

Samedi   23   —   —   —   .... 141 à la fin.

—   —   —   —   —   ....   1 et 2

Paris. — Typ. PILLET et DUMOULIN, 5, rue des Grands-Augustins.

de l'époque ; chaque mois est précédé d'un vers latin, qui indique les jours égyptiens.

Les grandes miniatures représentent : 1° la Sainte Trinité ; 2° saint Jean-Baptiste ; 3° saint Thomas de Cantorbéry, massacré au pied de l'autel ; 4° saint Christophe ; 5° saint Georges ; 6° sainte Marie-Magdeleine ; 7° sainte Marguerite ; 8° sainte Catherine ; 9° le Christ ; 10° l'Annonciation ; 11° la Visitation ; 12° Jésus en croix, entre les deux larrons ; 13° la Crèche ; 14° Jésus devant Pilate ; 15° l'Annonciation aux bergers ; 16° la Flagellation ; 17° l'Adoration des Mages ; 18° le Portement de croix ; 19° la Présentation de l'enfant Jésus au Temple ; 20° Jésus en croix frappé d'une lance ; 21° le Massacre des Innocents ; 22° la Descente de croix ; 23° la Fuite en Égypte ; 24° la Mise au tombeau ; 25° Triomphe de la Vierge ; 26° Délivrance des âmes du purgatoire ; 27° l'Office des morts ; 28° la Résurrection de la chair ; 29° les instruments de la Passion ; 30° saint Jérôme.

La finesse de ces miniatures est merveilleuse, et leur conservation ne laisse rien à désirer ; les fonds sont quadrillés en or et couleurs, ou offrent des vues d'intérieurs et des paysages très curieux.

Les petites miniatures sont placées, comme nous l'avons dit, au Calendrier, puis au propre des saints, à l'office de la Passion, et nous devons appeler l'attention sur celles qui représentent la tête, les mains, les pieds et le cœur du Christ, compositions qui sont bien rares dans les livres d'heures.

Les bordures sont d'une très grande richesse d'ornementation et d'une variété des plus attrayantes ; les ors, très en relief, sont excessivement brillants ; on y rencontre des fleurs, des fruits, des oiseaux, des animaux et des personnages quelquefois singuliers.

Quant à celles qui entourent les *trente grandes miniatures*, elles sont d'un luxe extraordinaire ; les *grandes majuscules*, qui sont au-dessous des miniatures, sont également très remarquables.

Les Psaumes de saint Jérôme, à la fin du manuscrit, sont incomplets, et il manque le feuillet 82.

Il y a tout lieu de supposer que ce manuscrit a été exécuté pour un grand seigneur anglais, le martyre de saint Thomas de Cantorbéry s'y trouvant deux fois répété et des noms de saints vénérés en Angleterre souvent inscrits au Calendrier. La riche ornementation de chaque feuillet nous fait supposer son exécution pour un personnage de haute importance.

2. *Oratio beate Marie Virginis.* Manuscrit sur velin de la fin du xvᵉ siècle, orné de sept grandes miniatures et de onze petites, ainsi que d'une grande quantité de lettres ornées, et 18 pages sont entourées de bordures richement ornementées. 1 vol. in-8, mar. Laval. (Gruel.)

3. *Albertolli.* Alcune decorazioni di nobili sale ed altri ornamenti di Giacondo Albertolli, professore nella reale Accademia delle belle Arti in Milano. Incisi da Giacomo Mercoli E. da Andrea de Bernardis, 1787. 1 vol. in-fol., cartonné.

4. *Alciatus.* Diverse imprese accomodate a diverse moralita, con versi che i loro significati dichiarano tratte da gli emblemi dell Alciato, in leone, 1549. 1 vol. in-8, velin. Figures gravées sur bois. Chaque feuille entourée d'une bordure ornementée.

5. *Amman.* Insigna sacrae cesarae majestatis, principum electorum aliquot illustrissimorum, illustrium, nobilium et aliarum familiarum, formis artificiosissimis expressa..... Francfort, 1579. 1 vol. in-4, velin. Figures gravées sur bois, par Jost Amman.

6. *J. Ammam et V. Solis.* Effigies regum francorum omnium ad vivum, quantum fieri potuerit expressae colatæribus Virgilio Solis et Justo Ammam..... Norebergæ, 1576. 1 vol. petit in-4, mar. brun, avec fers sur les plats. Portraits richement ornementés. Rare.

7. *L'Architecture,* contenant la Toscane dorique, ionique, corinthiaque et composée, fait par Henri Hondius, avec quelques belles ordonnances d'architecture, mises en perspective par Jean Vredman, 1628.—Fortification ou architecture militaire, par Samuel Marolois. Amsterdam, 1627. Deux ouvrages en 1 vol. in-fol., mar. fil., dos orné, tranches dorées.

8. *D'Aviler.* Cours d'architecture qui comprend les ordres de Vignole, avec des commentaires....., par le sieur C.-A. d'Aviler. Nouvelle édition. A Paris, chez Jean Mariette, 1738. 1 vol. in-4, veau marbré. Figures.

9. *Baltard.* Paris et ses monuments, mesurés, dessinés et gravés par Baltard, architecte, avec des descriptions historiques, par le cit. Amaury-Duval. A Paris, de l'imprimerie de Crapelet, 1803. 1 vol. in-fol.., mar. vert.

10. *Barbet.* Livre d'architecture d'autels et de cheminées, dédié à Monseigneur l'Eminentissime cardinal duc de Richelieu, de l'invention et dessin de J. Barbet, gravé à l'eau-forte par A. Bosse, 1633. 1 vol. in-4, mar. brun, fil., dos orné, tranches dorées. Suite de vingt pièces.

11. *Bartholomei.* Civitas veri cive morum Bartholomei delbene patrici florentini ad christianissimum Henricum III, Francorum et Poloniae Regem..... Parisiis, apud Ambrosium et Hieronymum Drouart....., 1609. 1 vol. in-fol., velin. Figures gravées par Th. de Leu.

12. *Basnage.* Histoire de l'Ancien et du Nouveau Testament, représentée en taille-douce, par Rom. de Hooghe, avec une explication. Amsterdam, 1704. 1 vol. in-fol., demi-rel. veau.

13. *Berain.* Son œuvre : meubles, bijoux, tapisseries, dessins de cheminées, vases, grilles, balcons, panneaux, candélabres, jardins, etc. Se vend à Paris, chez M. Thuret, aux galeries du Louvre. 1 vol. in-fol., mar. brun, tranches dorées. (Gruel.)

Bel exemplaire, contenant cent quatre planches, dont le titre et le portrait. Quelques feuillets ont de légères déchirures.

14. — *Berthault.* Première, deuxième, troisième suites de culs-de-lampe et fleurons, à l'usage des artistes, inventés et dessinés par P. G. Berthault. Dix-huit feuilles en 1 vol. grand in-4, mar. rouge, filets, dos orné, tranches dorées. (Gruel.)

Ces trois suites sont très rares à trouver réunies.

15. *Bibiena.* Architetture, e Prospettive dedicate alla Maesta di Carlo Sesto, imperador de Romani da Giuseppe Galli Bibiena....; Parisiis, apud Basan. 1 vol. in-fol., mar. rouge. Le portrait et la dédicace sont rajoutés au volume.

16. *Blondel.* De la distribution des maisons de plaisance et de la décoration des édifices en général, par Jacques-François

Bloudel. A Paris, 1737. 2 vol. grand in-4, veau marbré.
Figures.

17. — Cours d'architecture, ou Traité de la décoration, distribution et construction des bâtiments, par J.-F. Blondel. Paris, 1771-1777. 9 vol. in-8, veau. Figures.

18. — Dessins de cheminée et lambris de menuiserie pour la décoration des appartements, par Blondel. Six pièces.
Épreuves avec marges.

19. *Bocklern*. Nova architectura curiosa....., par Georg Andream Bocklern, architecte et ingénieur. Nuremberg, 1704. Ouvrage divisé en quatre parties. 1 vol. in-fol., velin. Figures.

20. *Boffrand*. Livre d'architecture, contenant les principes généraux de cet art....., par le sieur Boffrand. Paris, 1715. 1 vol. in-fol., veau marbré. Figures.
Très bel exemplaire.

21. *Boissard*. Icones et effigies virorum doctorum quotquot celebres fuerunt per Europa..... Collectore Iano Jacobo Boissardo. Francfurti, anno 1643. 1 vol. in-4, veau, contenant deux cent soixante-trois portraits et un frontispice.

22. — Vitæ et icones sultanorum turcicorum, principum Persarum, etc., ab Oosmane ad Mahometum II, omnia recens in aes incisa, per Theod. de Bry. Francfurti, 1596. 1 vol. in-4, velin. Portraits avec riches entourages ornementés.

23. *Borja* (D. Juan de). Empresas Morales. Brusselas fr. Foppens, 1680. 1 vol, in-4, mar. bl.
Ouvrage recherché à cause des figures emblématiques qui s'y trouvent.

24. *Bosse*. Traité des manières de dessiner les ordres de l'architecture antique en toutes leurs parties....., par A. Bosse. A Paris, chez Audouin, Emery et Charles Clousier. 1 vol. in-fol., demi-rel. mar. rouge. Figures.

25. *Bossi*. L'OEuvre gravé de cet artiste, composé de vases, d'après Petitot; Mascarade à la grecque, d'après Petitot; facsimile de dessins, d'après le Parmesan; Etudes de têtes, etc. 1 vol. in-fol., demi-rel. mar. vert, dos orné, tête dorée.

26. *Bouchardon*. Etudes prises dans le bas peuple, ou les Cris
de Paris. Suite de soixante estampes divisées en cinq suites
de chacune douze pièces, en 1 vol. in-fol., demi-rel. mar.,
dos et coins.

Bel exemplaire.

27. *Boucher* fils. Dessins d'ameublement du XVIIIe siècle. Deux
cent soixante-neuf pièces, dont beaucoup de cahiers com-
plets, avec grandes marges.

28. *Bouillon*. Musée des Antiques, dessiné et gravé par P. Bouillon, peintre, avec des notices explicatives par J.-B. de Saint-
Victor. Paris, de l'imprimerie de P. Didot l'aîné. 3 vol. grand
in-fol., cartonnés, non rognés. Figure en partie avant les
numéros. Grand papier.

29. *Boyvin*. Livre de la conqueste de la Toison d'or, par le
prince Jason de Tessalie, faict par figures avec exposition
d'icelles. A Paris, 1563. 1 vol. in-fol. oblong, cart.

Bel exemplaire de la suite de vingt-six pièces, gravées par
René Boyvin (R. D. 39-64), en très belles épreuves du 2e état.
Le numéro 13 est d'un état postérieur, avec marges plus pe-
tites.

30. *Bretez*. La Perspective pratique de l'architecture...., par
Louis Bretez. A Paris, chez l'auteur, 1706. 1 vol. in-fol.,
demi-rel. mar. vert. Figures.

31. *Briseux*. L'Art de bâtir des maisons de campagne, où l'on
traite de leur distribution, de leur construction et de leur décoration...., par le sieur C.-E. Briseux. A Paris, chez Prault,
1743. 2 vol. grand in-4. demi-rel. mar. vert. Figures.

32. Traité du beau essentiel dans les arts, appliqué particuliè-
rement à l'architecture, et démontré physiquement et par
l'expérience, avec un traité des proportions harmoniques...,
par le sieur C.-E. Briseux. Paris, 1752. 2 vol. in-fol., demi-
rel. mar. rouge.

Bel exemplaire.

33. *Bry*. Alphabeta et characteres, eam, inde a creato mundo
ad nostrausq. tempora apud omnes omnino nationes usur-

pati, ex variis autoribus accurate deprompti, artifiose et ele-
ganter in aere efficti..... Per Jo Theodorum et Jo Isralem de
Bry..... Francfordii, anno 1596. 1 vol. in-4 oblong., demi-
rel. veau. Le titre est remargé.

34. *Buffon*. Histoire naturelle des Oiseaux. A Paris, de l'imprimerie Royale, 1770-1786. 20 vol. in-4, veau marbré, figures coloriées.

Très bel exemplaire.

35. *Bullet*. Verschyde Schoorsteen mantels nieulykx Geinven-
teert door M. Bullet, architecte du Roy. Cornelius Danckerts
fecit. A Amsterdam. 1 vol. in-fol., demi-rel. mar. rouge,
contenant 22 feuilles.

36. *Le Cabinet* des beaux-arts, ou Recueil d'Estampes gravées
d'après les tableaux d'un plafond où les beaux-arts sont représentés avec l'explication de ces mêmes tableaux. A Paris,
chez G. Edelinck, 1690. 1 vol. in-fol. oblong, veau, figures.

37. *Camilli*. Impresse illustri di diversi, coi discorsi di Camillo
Camilli, e con le figure intagliate in rame da Girol. Parro.....
Venetia, per Fr. Ziletti, 1585-1586. 3 parties en 1 vol. in-4,
broché, fig.

38. *Catalogue* of pictures by British Artists, in the Possession
of sir John Fleming Leicester..... Texte par John Young.
London, 1825. 1 vol. grand in-4, cartonné, figures gravées à
l'eau-forte.

39. *Catalogue* of the pictures at Leigh court, near Bristol the
seat of Philip. John Miles, exq..... Texte par John Young.....
London, 1822. 1 vol. in-fol., demi-rel., fig. gravées à l'eau-
forte.

40. *Catalogue* of the pictures at Grosvenor House..... Texte
par John Young. London, 1821. 1 vol. grand in-4, cartonné,
fig. gravées à l'eau-forte.

41. *Catalogue* de la collection célèbre de tableaux de feu
M. Jean-Jules Angersteen, contenant une gravure à l'eau-
forte de chaque tableau, et accompagnée de notices historiques et biographiques, par Jean Young..... Londres, 1823.
1 vol. in-fol., cartonné.

42. *Catesby*. Histoire naturelle de la Caroline, de la Floride et des isles de Bahamo : contenant les dessins des oiseaux, des quadrupèdes, des poissons, des serpents, des insectes et des plantes qui se trouvent dans ce pays-là...., par feu M. Marc Catesby.....London, 1771. 2 vol. in-fol., mar. bleu, dentelles, dos orné, fig. en couleurs.

43. *Cauvet*. Recueil d'ornements à l'usage des jeunes artistes qui se destinent à la décoration des bâtiments, par G.-P. Cauvet. Paris, chez l'auteur, 1777. 1 vol. in-fol., mar. brun, fil., dos orné, tranches dorées.

Titre, frontispice avec portrait de Monsieur, dédicace et soixante-deux planches, dont plusieurs remontées.

44. *Charmeton*. Plusieurs sortes d'ornements, comme panneaux ou montans, scabellons, pantes de lits servants à la broderie et autres, dessinez par G. Charmeton, peintre, et gravés par N. Robert, aussi peintre à Paris, et se vendent chez G. Audran. 1 vol. in-fol., demi-rel., mar. violet, contenant 49 planches collées sur papier.

45. *Choiseul-Gouffier*. Voyage pittoresque de la Grèce. Paris, 1782-1822. 3 vol. in-fol., planches, cartonné, non rogné.

46. *Couché*. Galerie du Palais-Royal, gravée d'après les tableaux des différentes écoles qui la composent, avec un abrégé de la vie des peintres et une description historique de chaque tableau, par M. l'Abbé de Fontenai. Dédiée à S. A. S. Monseigneur le duc d'Orléans, par J. Couché. A Paris, 1786-1808. 3 vol. in-fol., demi-rel., mar. brun, non rogné, tête dorée.

Bel exemplaire.

47. *Courses* de Testes et de Bague faittes par le Roy et par les Princes et Seigneurs de sa cour, en l'année 1662. 1 vol. in-fol., veau marbré, figures gravées par Israël Silvestre.

48. *Couture*. Recueil de vases analogues aux cinq ordres d'architecture, dédié à M. le Carpentier, architecte du Roi, par Couture l'aîné. A Paris, chez Chereau. Sept pièces et un titre. — Divers vases de J. Marot. Suite de douze pièces. En tout 20 pièces en 1 vol. in-fol., demi-rel., mar. vert, dos et coins.

La suite de Marot est remontée.

49. *Cuvillier.* Développement de bordures, tables, serrurerie, candélabres, cheminées, plafonds, intérieurs d'appartement, etc. 1 vol. in-fol., mar. brun, filets, dos orné, tranches dorées. Gruel.

> Ce volume contient soixante-neuf pièces de l'œuvre de Cuvellier.

50. — Architecture et ornements. 2 vol. in-fol., mar. rouge, contenant 308 planches.

51. — Livre d'études, vases, suites de groupes d'enfants, poëlles, fontaines, etc 1 vol. in-fol., demi-rel., mar. rouge, contenant 58 feuilles de l'œuvre de Cuvillier.

52. — Morceaux de caprice à divers usages, inventé par François de Cuvilliés. 37 feuilles. Beaucoup sont avec grandes marges.

53. *Dandré-Bardon.* Costume des anciens peuples, à l'usage des artistes. Nouvelle édition rédigée par M. Cochin. A Paris, 1784-1785. 2 vol. grand in-4, veau marbré, fig.

54. *Decker.* Furstlicher Baumeister, oder Architectura civilis, Inventit durch Paulus Decker. Augsburg, Wolff, 1711-1716. 3 vol. grand in-fol., mar. vert, tranches dorées (Gruel), figures.

55. *Delafosse.* Iconologie historique. 1 vol. in-fol., demi-rel. veau. Exemplaire entièrement complet, contenant 144 planches en 24 cahiers de six feuilles.

> Bel exemplaire.

56. — La deuxième partie de l'œuvre de Delafosse, marquée des doubles lettres de l'alphabet de A à U, plus deux feuilles ajoutées qui ne sont marquées d'aucune lettre. 1 vol. in-fol., demi-rel. veau, contenant 108 planches.

57. *De l'Orme.* Architecture de Philibert de l'Orme, conseiller et aumosnier ordinaire du Roy. A Paris, chez Regnauld Chaudière, 1626. 1 vol. in-fol., veau marbré, fig. gravées sur bois.

58. *Description* générale et particulière de la France, publiée par Delaborde, Guettard, Beguillet, etc. Paris, Lamy, 1781-

1796. 10 vol. grand in-fol., cart., non rognés, et quelques
livraisons. Figures avant la lettre.

59. *Description* des festes données par la ville de Paris, à l'occasion du mariage de Mme Louise-Elisabeth de France et de
don Philippe, infant d'Espagne. A Paris, de l'imprimerie de
P.-G. Le Mercier...., 1740. 1 vol. in-fol., mar. rouge, aux
armes de la ville de Paris.

60. *Description* de la place de Louis XV, que l'on construit à
Reims, par le sieur Le Gendre. A Paris, de l'imprimerie de
Prault, 1745. 1 vol. grand in-fol., veau, avec armes, figures.

61. *Description* historique de l'hôtel royal des Invalides, par
l'abbé Pérau, avec les plans, coupes, peintures et sculptures
de l'Eglise, gravés par Cochin. Paris, 1756. 1 vol. in-fol.,
veau marbré, aux armes, figures.

    Très bel exemplaire.

62. *Description* de l'Egypte, ou Recueil des observations faites
en Egypte pendant l'expédition de l'armée française. Paris,
impr. impér. et roy., 1809-1828. 23 vol. in-fol., demi-rel.,
mar. rouge, non rognés.

63. *Description* des bains de Titus, ou collection des peintures
trouvées dans les ruines des Thermes de cet empereur, et
gravées sous la direction de M. Ponce, avec un avant-pro-
pos et un texte explicatif des planches. A Paris, 1786. 1 vol.
in-fol., demi-rel., mar. rouge. Figures.

64. *Desnoyers.* Recueil d'estampes gravées d'après des peintures antiques, italiennes, par Auguste Boucher, Desnoyers.
Paris, de l'imprimerie de Firmin Didot, 1821. 1 vol. in-fol.
cartonné, non rogné.

65. *Didron.* Monographie de la cathédrale de Chartres. Architecture, sculpture d'ornement et peinture sur verre, par
J. B. A. Lassus, statuaire, et peinture sur mur, par Amaury
Duval; texte descriptif, par Didron. Paris, 1861. Sept livraisons, contenant cinquante-trois planches.

66. *Dieterlin* (Wendelin). Architectura vonden fünf Saülen
und aller darauss folgender Kunstarbert, von fenstern,

Caminen, Thürgerüsten, Portalen, Bronnen und Epitaphien. Nürberg, Barth. Caymor, 1598. 1 vol. in-fol., mar. brun, filet, dos orné, tranches dorées, doublés de maroquin rouge, avec fers à froid (Gruel).

67. *Doré* (Gustave). La Légende du Juif Errant. Compositions et dessins, par Gustave Doré. Paris, 1856. 1 vol. in-fol., cartonné.

68. *Ducerceau*. Le premier et le second volume des plus excellents bastiments de France, auxquels sont désignés les plans de trente bastiments et de leur contenu, ensemble les élévations et singularitez d'un chacun, par Jacques Androuet Ducerceau. Paris, 1607. 2 vol. in-fol., mar. brun, fil., dos orné, tranches dorées (Gruel).

69. — Livre d'architecture, de Jacques Androuet Du Cerceau, contenant les plans et dessaings de cinquante bastiments tous différents, etc. Imprimé à Paris, par Benoist Prevost, rue Frementel, 1559. (Édition en latin). — Second livre d'architecture, par Jacques Androuet Du Cerceau, contenant plusieurs et diverses ordonnances de cheminées, lucarnes, portes, fontaines, puits et pavillons, etc. A Paris, de l'imprimerie d'André Wechel, 1561, Deux tomes en un vol. in-fol., mar. brun, filets, dos ornés, tranches dorées (Gruel).

Bel exemplaire de ces deux livres.

70. — Leçons de perspective positive, par Jacques Androuet Du Cerceau, architecte. A Paris, par Mamert Patisson, imprimeur, 1576. 1 vol. in-fol., velin.

71 — Détails d'ordres d'architecture, vingt et une pièces de deux différentes suites, en 1 vol. in-fol., mar. vert, fil., dos orné, tranches dorées (Gruel).

Très belles épreuves, remontées. Rares.

72 — Praecipua aliquot romanae antiquitatis ruinarum monimenta vivis prospectibus ab veri imitationem affabre designata. Recueil de vues de monuments antiques de Rome, sans date. Vingt-neuf planches in-4 reliées en 1 vol., mar. brun, filets, dos orné, tranches dorées (Gruel).

Très belles épreuves, mais remontées.

73. — **Vues d'optique.** Dix-neuf pièces de forme ronde, en
1 vol. in-4, mar., fil., dos orné, tranches dorées.
> Quelques feuilles sont remontées.

74. — **Vases grands et petits.** Quarante pièces en 1 vol. in-4,
mar., fil., dos orné, tranches dorées.
> Cette série des grands vases est très rare. Quelques feuilles sont un peu
> restaurées.

75. — **Les Grandes arabesques,** vingt pièces en 1 vol. in-fol.,
mar. vert, fil., dos orné, tranches dorées (Gruel).
> Belles épreuves avec grandes marges.

76. — **Les Grotesques ou petites arabesques.** Cinquante-neuf
pièces.
> Très belles épreuves. Grandes marges.

77. *Durer.* Albrecht Durer Christlichmythologische hand-
zeichnungen. München, 1808. 1 vol. in-fol., cart. Figures
gravées, par Stryxner.

78. *École de Fontainebleau.* Termes et cariatides. Suite de
douze pièces gravées à l'eau-forte, de formes ovales, reliées
en 1 vol. grand in-4., filets, tranches dorées (Gruel).
> Très belles épreuves, mais remontées.

79. *Entrée.* La Joyeuse et magnifique entrée de Monseigneur
François, fils de France et frère unicque du Roy, par la
grace de Dieu, duc de Brabant, d'Anjou, Alençon, Berri, etc.,
en sa très renommée ville d'Anvers. A Anvers, de l'imprimerie de Christophe Plantin, 1582. 1 vol. in-fol., demi-rel.
Figures.

80. *L'Entrée* triomphante de Leurs Majestez Louis XIV, roy de
France et de Navarre, et Marie-Thérèse d'Autriche, son
épouse, dans la ville de Paris, au retour de la signature de
la paix générale et de leur heureux mariage... Imprimé à
Paris, l'an 1662. 1 vol. in-fol., veau marbré, avec armoiries
sur les plas. Figures.

81. *Falda.* Le Fontane di Roma nelle Piazze et luoghi publici
della citta con li loro prospetti, come sono al presente, desi-

gnate et intagliate da Gio. Battista Falda. 1691. Deux parties
en 1 vol. in-fol., demi-rel.

82. — Li Giardini di Roma, con li laro piante alzate e vedute
in prospettiva, dessinés et gravés par Falda. 1 vol. in-fol.,
veau marbré.

83 *Fêtes*. Description de la fête donnée par la ville de Paris, à
l'occasion du mariage de Monseigneur le Dauphin avec la
princesse Marie-Josephe de Saxe, le 13 février 1747. 1 vol.
grand in-fol., veau. Aux armes de la ville de Paris.

84. *Fêtes*. Représentation des fêtes données par la ville de
Strasbourg, pour la convalescence du Roi, à l'arrivée et pendant le séjour de Sa Majesté en cette ville. — Fêtes publiques
données par la ville de Paris, à l'occasion du mariage de
Monseigneur le Dauphin, les 23 et 26 février 1745. Deux
vol. reliés en un seul, riche reliure mar. rouge, aux armes
de la ville de Paris; larges dentelles, tranches dorées.
(Padeloup).

> Superbes exemplaires de ces deux fêtes. Le dos de la reliure est refait.

85. *Le Sacre* de Louis XV, Roy de France et de Navarre, dans
l'église de Reims, le dimanche XXV octobre 1722. (Orné de
gravures par les plus grands artistes de l'époque), 1 vol.
grand in-fol., riche reliure en mar. rouge, aux armes du
Roy, larges dentelles, tranches dorées. (Padeloup).

> Magnifique exemplaire, provenant de la bibliothèque du comte de Vence.

86. *Feste* celebrate in Parma per la nozze del reale infante
duca Ferdinande di Borbone con S. A. R. l'Archiduchessa
d'Austria Maria Amalia l'anno 1769. 1 vol. in-fol., veau
marbré. Figures.

> Très bel exemplaire avec armes sur les plats.

87. *Filhol*. Galerie du Musée Napoléon, publiée par Filhol, graveur, et rédigée par Lavallée. A Paris, chez Filhol. An XII,
1804, 1815, et le 11e vol. 1828. 11 vol. grand in-8, demi-rel.,
veau, non rogné. Figures.

88. *Flandrin*. Frise de la nef de l'église de Saint Vincent de
Paul, peinte par Hippolyte Flandrin, membre de l'Institut de

France, reproduite par lui en lithographie. 1 vol. in-fol. oblong, cartonné.

89. *Floris*. Veelderbande cierlijcke comperlementen profite-lijk voar Schilders goutsmeden bieldtsnyjders ende ander constenaren, geinuenteert duer Jacques Floris..... Anno 1564. 1 vol. in-fol., mar. brun, contenant 10 planches et un titre. (Gruel).

90. *Forty*. Œuvres de sculptures en bronze, contenant girandoles, flambeaux, feux, pendules, bras, cartels, baromètres et lustres, inventées et dessinées par J. F. Forty, gravées par Colinet et Foin. A Paris, chez Chereau. 1 vol. in-fol., mar. brun, fil., dos orné, tranches dorées (Gruel).

Très bel exemplaire complet, en quarante-huit planches et un titre. Très rare.

91. — Projet de deux toilettes représentant toutes les pièces qui en dépendent, ornées de figures, de sujets allégoriques et des attributs qui leur sont propres. Sept feuilles de trois différents cahiers..... Rares.

92. — Orfèvrerie à l'usage des églises. 11 pièces.

Belles épreuves. Rares.

93. *Fournel* (Victor). Paris et ses ruines, en mai 1871, précédé d'un coup d'œil sur Paris, de 1860 à 1870. Dessins et lithographies, par MM. Sabatier, Ph. Benoist, etc. Texte par Victor Fournel, publié par Henri Charpentier. In-fol. en feuille.

94. *Francine*. Livre d'architecture contenant plusieurs portiques de différentes inventions sur les cinq ordres de colonnes, par Alexandre Francine..... A Paris, chez Melchior Tavernier, 1531. 1 vol. in-fol., demi-rel. veau, fig.

95. *Fronti et Roccheggiani*. Recueils de costumes et de meubles antiques. 2 vol. in-4, demi-rel.

96. *La Galerie* électorale de Dusseldorff, ou catalogue raisonné et figuré de ses tableaux, par Nicolas de Pigage. A Basle, chez Chrétien de Méchel, 1778. 2 vol. in-fol. oblongs. Texte et planches, cartonnés, non rognés.

97. *Galerie* du palais de Magnani, peinte à Bologne, par Annibal Carrache, et gravée par Châtillon. Paris, an X. — 1802. 1 vol. in-fol., demi-rel., figures.

98. *Gavarni*. Les Douze mois de l'année ; dernière œuvre de Gavarni. Paris, 1869. In-fol. en feuille.

99. *Germain*. Éléments d'orfèvrerie, divisés en deux parties, de cinquante feuilles chacune, composés par Pierre Germain, 1748. 1 vol. grand in-4, mar. brun, filets, dos orné, tranches dorées.

    Très bel exemplaire.

100. *Giardini*. Promptuarium artis argentariae ex quo, centum exquisito studio inventis, delineatis ac in aere incisis tabulis propositis elegantissimae, ac inumerae e duci possunt ideae ad cujuscumque generis vasa argentea ac aurea invenienda, ac conficienda..... invenit, ac delineavit Joannes Giardini. Romae, anno 1750. 1 vol. in-fol., demi-rel., contenant cent planches modèles d'argenterie, divisées en deux parties et deux titres.

101. *Guarini*. Architettura civile del Padre D. Guarino Guarini, cherico regolare opera postuma dedicata a sua sacra reale Maesta. In Torino, 1737. 1 vol. in-fol. de texte. 1 vol. in-fol. de planches, veau.

102. *Guyot*. Nouvelle collection d'arabesques, propres à la décoration des appartements, gravées d'après Lavallée-Poussin, Moreau, etc. 1 vol. grand in-4, filets, dos orné, tranches dorées (Gruel).

103. *Henault*. Nouvel abrégé chronologique de l'histoire de France, contenant les évènements de notre histoire, depuis Clovis jusqu'à Louis XIV. A Paris, de l'imprimerie de Prault, 1768. 2 vol. grand in-4, veau marbré. En tête de la dédicace du premier volume se trouve le portrait de Marie Leczinska, gravé par Gaucher.

104. *Héré*. Recueil des plans, élévations et coupes, tant géométrales qu'en perspective, des châteaux, jardins et dépendances que le Roy de Pologne occupe en Lorraine, y

compris les bâtiments qu'il a fait élever, ainsi que les changements considérables, les décorations et autres enrichissements qu'il a fait faire à ceux qui étaient déjà construits, le tout dirigé et dédié à Sa Majesté, par M. Heré, son premier architecte. Se vend à Paris, chez François Graveur..... Deux parties en 1 vol. in-fol., demi-rel. veau.

Très bel exemplaire.

105. *Histoire* des conquêtes de Louis XV, tant en Flandre que sur le Rhin, en Allemagne et en Italie, depuis 1744 jusques à la paix conclue en 1748...., par Dumortous. Paris, 1759. 1 vol. in-fol., veau marbré, figures.

106. *Cornelius de Hooghe.* Livre de calligraphie flamande, composé de 33 feuillets avec bordures richement ornementées, en 1 vol. grand in-4, demi-reliure.

Suite rare.

107. *Houbraken.* Verzameling van omtrent honderd portraiten van vermaar de Persoonaedien..... Amsterdam, 1761. 1 vol. in-4, veau, contenant 96 portraits.

108. *Huet.* OEuvres de J.-B. Huet, peintre français, gravé à l'eau-forte par lui, d'après ses dessins et tableaux. A Paris, chez Huet fils. 1 vol. in-fol., cart., contenant 98 sujets, imprimés sur 38 feuilles. Rare.

109. — OEuvres de Jean-Baptiste Huet, peintre de l'École française, 2e partie, comprenant des études pour modèles de dessin, gravées d'après lui. A Paris, chez Bance. 1 vol. in-fol. cartonné, avec texte.

110. OEuvre de différents genres, dessinée par J.-B. Huet, peintre du Roi, et gravée par Demarteau. A Paris, chez l'auteur. 1 vol. in-fol. obl., demi-rel., mar. rouge, contenant 35 feuilles, gravées à la sanguine.

111. — Croquis à plusieurs sujets sur une même feuille, cinq pièces.

112. *Huet* (C.). Trofées de chasse dessinez par C. Huet et gravez par Riedel, six pièces.

Épreuves avec grandes marges.

113. *Imperatorum* romanorum omnium orientalium et occidentalium verissimae imagines ex antiquis numismatis quam fidelissime delineate..... Anno 1559. 1 vol., in-fol., demi-rel. mar. violet. Portraits avec riches entourages ornementés, gravés sur bois.

> Livre très recherché à cause des ornements gravés par Flotner, qui se trouvent imprimés comme fleurons à la fin de la vie de chaque empereur.

114. *Imperatorum* et caesarum vitae, cum imaginibus ad vivam effigiem expressis. Libellus auctus cum elencho et iconiis consulam ab Authore, 1534. 1 vol. in-4, veau. Portraits et ornements gravés sur bois.

115. *Isabey et Percier*. Le Sacre de S. M. l'Empereur Napoléon dans l'église Métropolitaine de Paris le XI frimaire an XIII. Dimanche 2 décembre 1804. 1 vol. in-fol. cartonné, non rogné.

> Très bel exemplaire avec les épreuves des gravures, lettres grises.

116. *Jamnitzer*. Figures, arabesques et autres ornements. Soixante-cinq planches, divisées en trois suites, dont trois titres et deux feuilles de texte. En 1 vol. in-4, oblong., veau marbré. Rare.

117. *Klener*. Dilucida repraesentatio magnificae et sumptuosae caesareae iussu augustissimi, potentissimi et invictissimi principis, Caroli VI..... Vienne 1737. 1 vol. in-fol., oblong. demi-rel. mar. rouge. Figures.

118. *Laborde*. Tableaux topographiques, pittoresques, physiques, historiques, moraux, politiques, littéraires de la Suisse. Par le baron de Zurlauben, ouvrage exécuté aux frais et par les soins de M. de Laborde. Paris Lamy, 1780-1786. 4 vol. in-fol., veau marbré. Figures.

119. *Lafontaine*. Fables choisies, mises en vers par J. de Lafontaine. Paris, de l'imprimerie de Charles-Antoine Jombert, 1755-1759. 4 vol. in-fol., veau marbré. Figures gravées d'après les dessins d'Oudry.

> Bel exemplaire.

120. *Lairesse*. Œuvre de Gérard de Lairesse, gravé à l'eau-forte, en cent deux pièces réunies en 1 vol. in-fol. veau marbré.

121. *Lalonde*. 111ᵉ cahier de bordures à l'usage de la sculpture etc., avec leurs profils. Cahier D. Six pièces, avec grandes marges.

122. Cahier de bordures à l'usage de la sculpture, avec leurs profils, gravé par Berthaud. — Cahier de petites bordures à l'usage des Artistes, gravé par Foin. VIᵉ cahier de l'œuvre. Douze pièces.

123. *Lalonde*. Cahier de portes, corniches et entablements décorés, avec les profils. VIIᵉ cahier de l'œuvre. Six pièces. — Cheminées avec leurs trumeaux etc., XIIᵉ cahier de l'œuvre. Douze pièces. Le 2ᵉ cahier a toute sa marge.

124. — Plafonds de diverses formes. XIIIᵉ cahier de l'œuvre. Six pièces.

125. — XIVᵉ et XVIᵉ cahiers de meubles. Gravés par Girardin, huit feuilles.

126. — Vases à divers usages. XIXᵉ cahier de l'œuvre, quatre pièces.
Épreuves avec grandes marges.

127. — IIIᵉ cahier d'ameublements dessinés par Lalonde. — Quatrième cahier de meubles et d'ébénisteries, dessinés par Lalonde. Douze feuilles.

128. Trente-huit pièces détachées de différents cahiers.
Belles épreuves.

129. *La Lyre* du jeune Apollon, ou la Muse naissante du petit de Beauchasteau. A Paris, 1657. 1 vol. in-4, veau. Portraits.

130. *Lamour*. Recueil des ouvrages en serrurerie que Stanislas le bienfaisant roi de Pologne, duc de Lorraine et de Bar a fait poser sur la place Royale de Nancy, à la Gloire de Louis le bien-aimé ; composé et exécuté par J. Lamour, son serrurier ordinaire, avec un discours sur l'art de serrurerie et

plusieurs autres dessins de son invention. Dedié au roy. Se
vend à Nancy chez l'auteur..... 1768. 1 vol. in-fol. cartonné.

131. *Landon.* Vies et Œuvres des peintres les plus célèbres
de toutes les écoles, recueil classique, contenant l'œuvre
complète des peintres du premier rang, etc..... réduit et
gravé au trait..... publié par C. P. Landon. Paris, 1805-1824.
25 vol. in-4., cartonnés, non rognés. Exemplaire en grand
papier, avant la lettre.

132. *Lasinio.* Pitture a fresca delle chiese di Firenze. Suite de
vingt-sept planches en 1 vol. grand in-fol. cartonné.

133. *Leberthais.* Toiles peintes et tapisseries de la ville de
Reims, ou la mise en scène du théâtre des confrères de la
Passion, planches dessinées et gravées par C. Leberthais.
Etudes des mystères et explications historiques par Louis,
Paris..... Paris, 1843. 2 vol. in-4 de texte. 1 vol. in-fol. de
planches, demi-rel. mar. vert.

134. *Le Brun* (Ch.). Grand escalier du chateau de Versailles,
dit escalier des ambassadeurs, ordonné et peint par Charles
Le Brun, écuyer, premier peintre du roy. Se vend à Paris,
chez Louis Surugue. 1 vol. grand in-fol., veau marbré.

135. — La Grande galerie de Versailles et les deux salons qui
l'accompagnent, peints par Charles Le Brun, premier peintre
de Louis XIV, dessinés par J. B. Massé..... et gravés sous
ses yeux par les meilleurs maîtres du temps. A Paris, de
l'Imprimerie royale, 1752. 1 vol. in-fol., demi-rel.

Très bel exemplaire. Une feuille est tachée d'eau.

136. *Lebrun.* Galerie des peintres flamands, hollandais et alle-
mands. Ouvrage enrichi de deux cent une planches gravées
d'après les meilleurs tableaux de ces maîtres, par les plus
habiles artistes de France, de Hollande et d'Allemagne ; avec
un texte explicatif, par M. Lebrun. Paris et Amsterdam,
1792-1796. 3 vol. in-fol. demi rel., dos et coins.

Très bel exemplaire.

137. *Lenoir* (Albert). Statistique monumentale de Paris, publiée
par les ordres du roi. Paris, 1846 et années suivantes. Grand
in-fol. Fig., trente-cinq livraisons.

138. *Lepautre*. Œuvres d'architecture de Jean Lepautre, architecte, dessinateur et graveur du roi..... Paris, chez Cellot et Jombert, 1751. 3 vol. petit in-fol., veau marbré.

Très bel exemplaire.

139. *Lepautre*. Les Œuvres d'architecture d'Antoine Lepautre, architecte ordinaire du roy. A Paris, chez Jombert. 1 vol. in-fol. demi-rel., veau. Fig.

140. *Le Roy*. Les Ruines des plus beaux monuments de la Grèce. Ouvrage divisé en deux parties, où l'on considère, dans la première, ces monuments du côté de l'histoire, et dans la seconde, du côté de l'architecture, par M. Le Roy. A Paris et à Amsterdam, 1758. 1 vol. in-fol., veau marbré. Figures.

141. *Le Vayer de Boutigny*, Tarsis et Zélie. Nouvelle édition. A Paris, chez Musier fils, 1774. 3 vol. in-8, demi-rel. veau. Figures d'après Eisen et Cochin.

Très bel exemplaire.

142. *Magazin* pour les gens de goût. Leipzig, 1800-1801. 5 vol. in-4, demi-rel. veau, contenant un grand nombre de dessins de meubles et décorations d'appartement.

143. *Mahlern*. Livre d'architecture par Daniel Mahlern. Suite de cinquante planches et un titre allemand. 1609. 1 vol. in-fol. mar. brun, tranches dorées. (Gruel.)

Quelques planches sont remontées et d'autres sont ajoutées au volume.

144. *Manesson-Mallet*. Les Travaux de Mars ou l'Art de la guerre, divisé en trois parties. A Paris, 1691. 3 vol. in-4. veau. Avec armoiries sur les plats. Fig.

145. *Marolois* (Samuel). La Perspective, contenant tant la théorie que la practique et instruction fondamentale d'icelle... Amsterdam, 1629. 1 vol. in-fol., mar. Laval. fil., dos orné, tranches dorées. (Gruel). Fig.

146. *Marot* (Daniel). Werken van D. Marot, opperboumeester van Zine Maiesteit Willem den Derden Koning van Groot Britanie. 1 vol. in-fol. cart., contenant cent vingt planches de l'œuvre de Daniel Marot.

147. — Nouveaux livres d'ornements, pour l'utilité des sculpteurs et des orfèvres, inventé et gravé à La Haye, par D. Marot, architecte de Guillaume III, roy d'Angleterre. Dix pièces avec titre.

Belles épreuves, avec marges.

148. *Marot.* Petite œuvre d'architecture de Jean Marot, architecte et graveur. A Paris, chez Jombert, 1764. 1 vol. in-4, demi-rel. veau. Fig.

149. — L'Architecture française, ou recueil des plans, élévations, coupes et profils des églises, palais, hôtels et maisons particulières de Paris, et des chasteaux et maisons de campagne ou de plaisance des environs, et de plusieurs autres endroits de France, par les sieurs Marot père et fils. A Paris, chez Ch. Ant. Jombert, 1751. 2 vol. in-fol., demi-rel. mar. brun, contenant deux cent soixante planches.

150. *Médailles* du règne de Louis XV. 1 vol. in-4. Fig. avec encadrements à chaque page par S. Leclerc.

151. *Médailles* sur les principaux évènements du règne entier de Louis le Grand, avec des explications historiques. A Paris, de l'Imprimerie royale, 1723. 1 vol. in-fol., mar. rouge, aux armes du roi. Très bel exemplaire, la reliure en bel état de conservation.

152. *Meissonnier.* Œuvre de Juste-Aurèle Meissonnier, peintre, sculpteur, architecte, etc., dessinateur du cabinet du roy.., exécutée sous la conduite de l'auteur. 1 vol. grand in-fol., riche reliure mar. bleu, larges dentelles dans les coins, tranches dorées. (Gruel.)

Très bel exemplaire avec belles marges. Les trois premiers feuillets ont subi quelques restaurations.

153. *Mercier et Marot.* Le Magnifique château de Richelieu, en général et en particulier, ou les plans, les élévations et profils généraux et particuliers dudit chasteau, etc., commencé et achevé par Jean-Armand du Plessis, cardinal, duc de Richelieu. 1 vol. in-4 oblong, veau. Fig. gravées par J. Marot.

154. *Mercury*. Costumes historiques des XIIᵉ, XIIIᵉ, XIVᵉ, XVᵉ siècles, tirés des monuments les plus authentiques de peinture
et de sculpture dessinés et gravés par Paul Mercury, avec un
texte historique et descriptif par Camille Bonnard. Nouvelle
édition, soigneusement revisée avec une introduction par
M. Charles Blanc. Paris, Levy, 1860-1861. 3 vol. gr. in-4 en
portefeuilles. Fig. en couleur.

155. — Les vingt-cinq premières livraisons du même ouvrage.
Première édition française 1829. En livraisons.

156. *Mercury*. Costumes historiques des XVIᵉ, XVIIᵉ et XVIIIᵉ siècles, dessinés par E. Lechevallier-Chevignard, gravés par
A. Didier, L. Flameng, F. Laguillermie, etc., avec un texte
historique et descriptif par Georges Duplessis. Ouvrage fai-
sant suite au numéro précédent. Paris, A. Lévy, 1873.
2 vol. grand in-4 en portefeuilles. Fig. en couleur.

157. *Mezeray*. Histoire de France, depuis Pharamond jusqu'au
règne de Louis le Juste. Paris, 1685. 3 vol. in-fol., veau
marbré. Portraits.

158. *Millin*. Description d'une mosaïque antique du musée
Pio-Clémentin à Rome, représentant des scènes de tragédies ;
par A. L. Millin. A Paris, de l'imprimerie de Didot l'aîné,
1829, 1 vol. in-fol., cartonné. Fig. en couleur

159. *Mitelli*. Alfabeto in sogno esemplare per designare di
Giuseppe Mitelli pittore bolognese, 1683. 1 vol. in-fol., demi-
rel. vélin.

160. *Mautfaucon* (D. Bern. de). L'Antiquité expliquée et représentée en figures. Paris, Delaulne, 1719. 10 vol. in-fol. Sup-
plément. Paris, 1724, 5 vol. in-fol. Fig. En tout, 15 vol. veau
et demi-rel. veau.

161. *Mortain* (A Paris, chez). Description du château de Versailles, de la chapelle et du parc. 1 vol. in-fol., veau marbré,
contenant quarante-huit gravures, plans et vues.

162. *Moyen âge et la Renaissance*. Histoire et description des
mœurs, usages, industrie, commerce et beaux-arts en Eu-

rope, sous la direction de Paul Lacroix et Ferdinand Séré. Paris, 1848-51. 5 vol. in-4, demi-rel. mar. brun.

163. *De Neufforge.* Recueil élémentaire d'architecture, contenant plusieurs études des ordres d'architecture, d'après l'opinion des anciens et le sentiment des modernes....., composé par le sieur de Neufforge. A Paris, 1757-1780. 6 vol. in-fol., demi-rel. veau marbré. Figures.
Bel exemplaire.

164. *Nilson.* Picturae a fresca in aedibus Augustae Vindelie a Joanne Holtzer, pictore ingeniose, dessinées et gravées par Nilson. 1 vol. in-fol., cartonné, contenant vingt-neuf planches.

165. *Notices* du musée du Louvre. Tableaux, émaux, antiquités, sculptures modernes. 9 vol. in-8, grand papier. Brochés.

166. *Notices* du musée impérial de Versailles, du musée de marine, catalogue du musée Sauvageot. 5 vol. in-8, brochés.

167. *Nouveaux* trophées ou cartouches représentant les arts et les sciences, composés avec les attributs qui les caractérisent, inventés et dédiés à M. Morlot, peintre, par son élève et ami Marillier. Suite de douze pièces et un titre, en 1 vol. in-fol., demi-rel. mar. brun, dos et coins.

168. *Nouvelle* méthode pour apprendre à dessiner sans maître, ouvrage enrichi de cent vingt planches. A Paris, chez Ch.-Ant. Jombert, 1740. 1 vol. in-4, veau marbré.

169. *Œuvres* de Ph. Wouvermans, Hollandais, gravées d'après ses meilleurs tableaux, qui sont dans les plus beaux cabinets de Paris et ailleurs, et gravées par J. Moyreau. 1 vol. in-fol. oblong, veau, contenant quatre-vingt-dix planches.

170. *Oppenort.* Livre de fragments d'architecture, recueillis et dessinés à Rome d'après les plus beaux monuments, par G.-M. Oppenort. 1 vol. in-8, veau marbré, contenant quatre-vingt-quatre feuilles imprimées au recto et au verso.

171. — *Ortelli* (Abraham). Deorum dearumque capita ex antiquis numismatibus, Abrahami Ortelli, Geographi regii collecta et historica narratione illustrata. A Francisco Swertio

f. Antverpiensi, 1612. Cæsarum romanorum imagines.....
Antverpiæ, 1612. Deux parties en 1 vol. in-8, mar. rouge,
fil., dos orné, tranches dorées (Gruel), portraits avec entourages ornementés.

172. — Abrahami Ortelli cosmographi et geograhi regii, deorum
dearumque capita..... Historica narratione illustrata a Francisco Swertio. Bruxellis, 1583. 1 vol. in-4, demi-rel. mar.
brun, port. avec riches entourages ornementés.

173. *Ostade.* Œuvre complet d'Adrien van Ostade, peintre célèbre, inventé et gravé par lui-même. Cinquante-trois pièces.

174. *Ovide.* La Vita et Metamorfoseo d'Ovidio, figurato et
abbreviato in forma d'epigrammi da M. Gabriello Simeoni...
A Lione, par Giovanni di Tornes, 1584. 1 vol. in-8, mar.
rouge. (Gruel.) Figures gravées sur bois, du petit Bernard.

175. *Palladio.* Architecture de Palladio, divisée en quatre livres....., le tout revu, dessiné et nouvellement mis au
jour par Jacques Leoni. A La Haye, chez Pierre Gosse, 1726.
2 vol. in-fol., veau.

176. *Palais,* maisons et autres édifices modernes, dessinés à
Rome, publiés à Paris par Charles Percier et P.-F.-L. Fontaine, en 1798. A Paris, chez les auteurs. 1 vol. in-fol., cart.,
non rogné. Figures gravées au trait.

177. *Parallèle* de l'architecture antique et de la moderne, contenant les profils des plus beaux édifices de Rome, comparés
avec les dix principaux auteurs qui ont écrit des cinq
ordres....., seconde édition. A Paris, chez Ch.-Ant. Jombert.
1 vol. in-fol., demi-rel. mar. vert, dos et coins. Figures.

178. *Patte.* Monuments érigés en France à la gloire de
Louis XV....., par M. Patte. Paris, 1765. 1 vol. in-fol., veau
marbré. Figures.

179. *Percier et Fontaine.* Recueil de décorations intérieures,
comprenant tout ce qui a rapport à l'ameublement. A Paris,
chez les auteurs. 1 vol. in-fol., demi-rel. Figures gravées au
trait.

180. *Perelle*. Veües des belles maisons de France. 1 vol in-fol. oblong, contenant deux cent cinquante-deux feuilles, vues de Paris, châteaux de France, d'Italie et d'Espagne, dont beaucoup de vues sont imprimées à deux sur une même feuille.

> Très bel exemplaire, rare à trouver aussi complet.

181. *Perelle*. Recueil de cent cinquante paysages et] marines, ornés de figures et ruines, composés, dessinés et gravés par Perelle. A Paris, chez Basan. 1 vol. in-fol., cartonné.

182. *Perelle*. Recueil de paysages, ornés de figures, vues de châteaux, etc. 160 pièces en 1 vol. in-fol. cartonné.

183. *Perret*. Des fortifications et artifices d'architecture et perspective de Jacques Perret, Savoysien. 1601. 1 vol. in-fol., demi-rel., mar. violet, figures gravées par Th. de Leu (R. D. 76-95).

> Bel exemplaire.

184. *Petitit*. Les vœux de la France et de l'empire, médaillons allégoriques pour le mariage de Monseigneur le Dauphin, 1770. A Paris, chez Chenu. 1 vol. in-4, demi-rel., mar. vert, figures.

185. *Pfnor* (Rodolphe). Monographie du château d'Anet, construit par Philibert de l'Orme, en 1548, dessinée, gravée et accompagnée d'un texte historique et descriptif, par Rodolphe Pfnor. Paris, chez l'auteur, 1865. 10 livraisons, en feuilles.

186. *Pfnor* (Rodolphe). Monographie du château de Heidelberg, dessinée et gravée par Rodolphe Pfnor, accompagnée d'un texte historique et descriptif, par Daniel Ramée. Paris, 1859. In-fol. en portefeuille.

187. *Picart*. Les peintures de Charles Le Brun et d'Eustache Le Sueur, qui sont dans l'hôtel du Chastelet, cy devant la maison du président Lambert, dessinées par Bernard Picart, et gravées tant par lui que par différents graveurs. L'on y a joint la description de cette belle maison et celle de tous les sujets qui sont représentés dans les tableaux. A Amsterdam, 1740. 1 vol. in-fol., veau marbré.

> Très bel exemplaire, auquel on a ajouté le portrait du président Lambert, gravé par Drevet.

188. *B. Picart*. Le Temple des muses, orné de 60 tableaux où
sont représentés les évènements les plus remarquables de
l'antiquité fabuleuse; dessinés et gravés par B. Picart le Ro-
main..... A Amsterdam, 1749. 1 vol. in-fol., veau, figures.

189. — Fleurons et en-tête de pages, ornementés. 44 pièces
en 1 vol. in-4, mar. brun, fil., dos orné, tranches dorées
(Gruel).

190. *Pillement*. Différentes figures chinoises, inventées et dessinées par J. Pillement. A Paris, 1758. Deux suites de huit
pièces reliées en 1 vol. in-fol., demi-rel. mar., dos et coins.

191. *Piranesi*. Le Antichita Romane opera del cavaliere Giam-
batista Piranesi, architetto veneziano, divisa in quarto tomi.
Roma, 1784. 4 vol. in-fol. cartonnés, contenant un grand
nombre de planches.

192. *Piranesi*. Opere varie di architettura prospettive groteschi
antichito sul gusto degli antichi Romani inventate, ed incise
da Gio. Batista Piranesi. In Romo, 1750. 1 vol. in-fol., veau
marbré, tranches dorées.

193. *Piranesi*. Différentes manières d'orner les cheminées et
tout autre partie des édifices, avec un discours apologétique
en faveur de l'architecture égyptienne et toscane..... In Roma,
1769. 1 vol. in-fol. cartonné, figures.

194. *Piroli*. Antiquités d'Herculanum, gravées par Th. Piroli,
et publiées par F. et P. Piranesi frères. Bronzes. Tome Ier.
1 vol. in-4, dem.-rel.

195. *Pitteri*. Les Douze apôtres, suite de douze estampes, gravées à l'eau-forte, d'après Piazetta. 1 vol. in-fol. cartonné.

196. *Pozzo*. Prospettiva de Pittori, e architetti d'Andrea Pozzo,
della Compagnia di Gesu. In Roma, 1764-1768. 2 vol. in-fol.
vélin, fig.

197. *La Pratica* di prospettiva del cavaliere Lorenzo Sirigatti,
Al Ser[mo] Ferdinando Medici Granduca di Toscana. In Venezia, 1596. 1 vol. in-fol. veau, figures.

198. *Racinet.* L'Ornement polychrome : cent planches en couleurs, or et argent, contenant environ 2,000 motifs de tous les styles. Art ancien et asiatique : moyen âge, renaissance, xviie et xviiie siècles...., publié sous la direction de M. A. Racinet. Paris, de l'imprimerie Firmin-Didot frères, fils et Ce. 1 vol. in-fol., demi-rel., mar. vert, dos et coins, tête dorée.

199. *Radi.* Disegni varii di depositio sepulcri inventati da Bernardino, Radi da Cortona. In Roma, l'anno 1619. 1 vol. in-fol., demi-rel., mar. rouge, fig. gravées à l'eau-forte.

200. *Ranson.* Livre de trophées des arts et sciences, dans un nouveau goût, inventés et dessinés par Ranson, peintre décorateur. 22 pièces avec titre.

Très belles épreuves. Grandes marges.

201. *Ranson.* Premier cahier de trophées dessinés [par Ranson et gravés par Berthault.

Belles épreuves.

202. — Quinzième cahier de trophées de l'œuvre de Ranson, gravée par Berthault.

Belles épreuves. Grandes marges. Six pièces.

203. — Dix-huitième cahier de cartels et trophées de l'œuvre de Ranson. Six pièces avec marges, un peu tachées.

204. — Lits. Onze pièces de trois cahiers différents.

205. — Trophées, cartouches, fleurs et fruits, utiles aux artistes de tous genres. Trente-neuf pièces tirées de différentes suites.

206. *Raphaël.* Les Loges de Raphaël au Vatican; les Voûtes et les Arabesques. Vingt-neuf pièces et un titre, gravés par Volpato et Ottoviani, reliés en 1 vol. in-fol., mar. brun, tranches dorées.

207. *Ruscelli.* Le Imprese illustri de Jeronimo Ruscelli...... In Venetia, 1580-1584. Quatre parties en 1 vol. in-4, demi-rel. vélin; le titre de la quatrième partie est remonté.

208. *Recueil* de trophées composés d'armes et d'armures, par
un artiste italien du xvie siècle. Quinze pièces reliées en 1 vol.
in-fol. mar., fil., dos orné, tranches dorées.

209. *Recueil* contenant cent quatre-vingt-neuf pièces pour décorations d'appartement, jardins, meubles, serrurerie, etc., par
Le Pôtre, Cottar, Pierret, Loire, etc. En 1 vol. in-fol. veau
marbré.

210. *Recueil* de plans, décorations d'architecture, meubles, etc.,
par Cuvillié, Deneufforge, Anckermann, etc. 1 vol. in-fol.
oblong velin, contenant cent huit pièces.

211. *Recueil* de divers dessins de fontaines et de frises mari-
times, inventez et dessignez par Monsieur Lebrun...., et se
vendent à Paris, chez Edelinck. 1 vol. in-fol. velin.

212. *Recueil* contenant trente-huit estampes, d'après les peintures de Lebrun, du grand escalier de Versailles, Saint-Cloud,
plans de la chapelle et du château de Versailles, gravures
d'après Coypel, Mignard, Verdier, etc. 1 vol in-fol. mar. brun.

213. *Recueil* de dix-sept pièces gravées par Pietre de San Bar-
toli, d'après les dessins de Lanfranc, pour la galerie du Vatican. Douze pièces, gravées par Vanni, d'après les tableaux
du Corrège ; du dôme de l'église-cathédrale de Parme, etc.
Trente pièces reliées en 1 vol. in-fol. oblong, veau marbré.

214. *Recueil* de cent vues différentes, dessinées d'après nature.
par Israël Silvestre, gravées par lui-même et par Perelle.
Elles représentent diverses vues de la ville de Paris, des plus
beaux palais et châteaux des environs, ainsi que diverses
vues de Rome et de Florence. A Paris, chez Basan. 1 vol.
in-fol., cartonné, contenant cent planches imprimées à deux
sur une même feuille.

215. *Recueil* d'estampes, d'après les maîtres de l'école italienne.
Quarante planches en 1 vol. in-fol. demi-rel. mar. rouge.

216. *Représentations* et autres beautés singulières de Venise.
A Leide, chez C. Haak, 1762. 1 vol. in-fol., veau marbré,
renfermant cent quinze figures gravées en taille-douce, avec
les explications en latin, en italien et en français.

217. *Rigaud*. Recueil de cent vingt-une des plus belles vues de palais, châteaux et maisons royales de Paris et de ses environs, dessinées d'après nature en 1780. et gravées par J. Rigaud. A Paris, chez Treuttel et Würtz. 1 vol. in-fol., mar. rouge.

218. *Rime*. De Gli academici occulti con le laro impresse et discorsi. In Brescia appresso Vincenzo de Sabbio, 1568. 1 vol in-4, mar. vert. Figures.

219. *Roquefort*. Vues pittoresques et perspectives des salles du musée des monuments français et des principaux ouvrages d'architecture, de sculpture et de peinture sur verre qu'elles renferment, gravées au burin, en vingt estampes, par MM. Réville et Lavallée, avec un texte explicatif par B. de Roquefort. Paris, de l'imprimerie de P. Didot l'aîné, 1816. 1 vol. grand in-fol., demi-rel. veau, non rogné.

220. *Rossi*. Disegni di vari altari et capelle nelle chiese di Roma. Roma, 1713. 1 vol. in-fol. veau, contenant cinquante planches.

221. *Roubo*. Traité de la construction des théâtres et des machines théâtrales. Première partie. Paris, 1777. 1 vol. in-fol., cartonné. Fig.

222. *Roubo et Hulot*. L'Art du tourneur-mécanicien et l'Art du menuisier. Paris, 1764-1775. 3 vol. in-fol. de texte, demi-rel. mar. 3 vol. in-fol. de planches, mar. brun. (Gruel.)

Très bel exemplaire.

223. *Rousseau*. La Nouvelle Héloïse, ou Lettres de deux amants habitants d'une petite ville au pied des Alpes; recueillies et publiées par J.-J. Rousseau. A Neuchatel et à Paris, 1764. 4 vol. in-8, veau marbré. Figures gravées d'après Gravelot.

224. *Rousseau*. Collection complète des œuvres de J.-J. Rousseau. A Genève et à Paris, 1790. 13 vol. grand in-4, veau marbré. Figures d'après J.-M. Moreau et Lebarbier. Portrait gravé par Saint-Aubin, d'après de la Tour.

225. *Les Ruines* de Balbec, autrement dite Heliopolis dans la Cœlosyiie. A Londres, 1757. 1 vol. in-fol. veau marbré. Fig.

226. *Saavedra.* Obras de don Diego de Saavedra... En Emberes J.-B. Verdussen 1681. Deux tomes en 1 vol. in-fol., veau. Fig.

227. *Le Sacre* et couronnement de Louis XVI, roi de France et de Navarre, dans l'église de Reims, le 11 juin 1775. A Paris, 1775. 1 vol. in-8, demi-rel. Fig. gravées par Patas.

228. *Saint-Non* (Richard, abbé de). Voyage pittoresque ou description des Royaumes de Naples et de Sicile... Paris, 1781-1786. 4 tomes en 5 vol. in-fol., fig., veau marbré.
Très bel exemplaire.

229. *Salvator Rosa.* Etudes de soldats. Cinquante-huit pièces gravées à l'eau-forte.

230. *Saly* (J). Suite de vases gravés par Saly et publiés en 1746. Trente pièces et un titre, en 1 vol. in-4 cartonné.
Très belles épreuves.

231. *Sambin.* Œuvre de la diversité des termes dont on use en architecture, réduit en ordre, par maistre Hugues Sambin. A Lyon, par Jean Durant, 1572. 1 vol. in-fol., velin. Figures sur bois.

232. *Sambucus* (Joannes). Emblemata et aliquot nummi antiqui operis, tertia editio emendata et aucta. Antverpiae. Christophe Plantin, 1564. 1 vol. in-8, veau. Figures gravées sur bois, par J. Amman. Manque le titre.

233. *Scamozzy* (Vicenzo). L'Idea della architettura universale... Venetiis anno 1615. Deux tomes en un vol. in-fol., velin. Figures.

234. *Schynvoets.* Voorbeelden der Lusthof-Cieraaden zynde vaasen Pedestallen orangiebarken, blompotten en andere byvoerken, etc. Te Amsterdam by H., de Witt. 1 vol. in-fol., demi-rel. veau, contenant 52 planches.

235. *Serie* di trecento tavole in rame representanti pitture di vasi degli antichi etrusci tratti dalla biblioteca Vaticana e da altri musei d'Italia... Roma, 1787. 3 vol. in-fol., cart., non rogné. Figures en couleur.

236. *Serlio*. Libro primo d'architettura. Venetia, 1562. — Regole generali di Architettura. In Venetia, sans date. — Quinto libro d'Architettura, in Venezio, 1559. Trois parties en 1 vol. in-fol., demi-rel., velin. Figures gravées sur bois.
A la fin du volume, est ajoutée une suite de vingt pièces, portiques, etc., numérotées, de 1 à 20.

237. *Soria.* Scielta D. Varii Tempietti antichi con le piante et Alzatte desegnati in prospettiva. D. M. Gio Batta. Montano Milanese date in luce Per Gio Batta Soria Rom°..... In Roma... di Gio Jacomo de Rossi. 1 vol. in-fol., demi-rel. mar. vert.

238. *Spectaculorum* in susceptione Philippi Hisp. prin. divi Caroli V, Caes. f. an. M. D. XLIX. Antverpiae æditorum, mirificus apparatus. Per Cornelium Scrib. Grapheum..... Antverpiae, anno 1550. 1 vol. in-4, mar. rouge, fil., dos orné. (Gruel). Figures gravées sur bois. Livre rare

239. *Tapisseries* du Roy, où sont representez les Quatre Saisons, avec les devises qui les accompagnent et leur explication. A Paris, 1679, 1 vol. in-fol., velin. Figures gravées d'après Lebrun.

240. *Théâtre* des instruments mathématiques et mechaniques de Jacque Besson, Dauphinois, docte mathematicien, avec l'interprétation des figures d'icelui, par Francois Beroald. A Geneve, 1594. 1 vol. in-fol., demi-rel. mar. brun, dos et coins. Figures gravées sur bois.

241. *Tollenarius* (Jean). Imago primi saeculi societ. Jesu, a provincia flandro-belgica ejusd. societ. representata. Anterpiae, ex officina plantiniana, 1640. 1 vol. in-fol., demi-rel. mar. violet, avec figures emblématiques, gravées par Corneille Galle.
Ouvrage rare et recherché.

242. *Toro.* Vases, grotesques, cartouches, tables, trophées, arabesques, etc. Quarante-deux pièces éditées par Wolff, en 1 vol. in-fol., demi-rel. mar. vert.

243. *Traité* du jardinage, selon les raisons de la nature et de l'art, par la Barauderie, publié par Jacques de Menours. 1 vol. in-fol., veau, figures. Manque le titre.

244. *Traité* de perspective, à l'usage des artistes, par M. Edme-Sébastien-Jeaurat. A Paris, 1750. 1 vol. in-4, veau marbré. Figures.

245. *Vaenius* (Otho). Amorum emblemata figuris aenis incisa studio Othonis Vaeni. Antverpiae, 1608. 1 vol. in-4, oblong, mar.

246. *Van-Hulle.* Pacificatores orbis Christiani, sive icones principum ducum, et legatorum qui Monasterii atque osnabrugae pacem europae reconciliarunt, quosque singulos ad nativam imaginem expressit A. Van-Hulle. Rotterdami, 1697. 1 vol. in-fol., velin. Portraits.

247. *Vauquer et Bourdon.* Fleurs, ornements et petits sujets religieux; dessins pour montres, boittes et tabatières, etc. Vingt-cinq pièces en 1 vol in-4 oblong, mar. brun, fil., dos orné. (Copies publiées en Hollande.)

248. — *Vauquer.* Livres de fleurs propres pour orfèvres et graveurs. Huit planches, dont un titre.

Très belles épreuves.

249. *Vico* (Eneas). Augustarum imagines aereis formis expressae : vitae quoque earumdem breviter enarratae, signorum etiam, quae Priori parte numismatû efficta sût, ratia explicata : ab. Ænea Vico..... Venetiis (Paul Manutius), 1558. 1 vol. in-4, veau marbré. Portraits.

250. *Vico* (Eneas). Augustarum imagines aereis formis expressae : vitae quoqué earumdem breviter enarratae, signorum etiam, quae in posteriori parte numismatum effecta sunt ratio explicata, ab Eneo Vico Parmensa. Lutetiae Parisiorum, 1619. — Ex Libris XXIII commentariorum in vetera imperatorum romanorum numismata Ænae Vici, Liber primus. Parisiis, 1619. — Promptuari iconum. insigniorum a seculo hominum..... Édition publiée en deux parties, 1578-1581. 4 tomes en 1 vol. in-4, veau. Portraits.

251. *Vignole*. Livre nouveau ou règles des cinq ordres d'architecture par Jacques Barozio de Vignole..... le tout enrichi de Cartels, culs-de-lampe etc., d'après MM. Blondel, Cochin et Babel..... en 1767. Paris, chez Petit, rue du Petit-Pont. 1 vol. in-fol., demi-rel. mar. rouge.

Bel exemplaire.

252. *Vignole*. Règles des cinq ordres d'architecture de Jacques Barozzio de Vignole..... enrichi de cartels et vignettes, dessinés et gravés par Babel. Paris, 1747. 1 vol. in-4, veau marbré.

253. *Vignole*. Reigle des cinq ordres d'architecture, de M. Jaques Barozzio de Vignole, avec une augmentation nouvelle de Michel Angelo Bonorati. Amsterdam, 1646. 1 vol. in-fol., demi-rel. mar. vert.

254. *Viollet-le-Duc*. Dictionnaire raisonné de l'architecture française, du XI⁰ au XVI⁰ siècle, par M. Violet-le-Duc..... Paris Morel, 1862, 1868. 10 vol. in-8, demi-rel. mar. violet. Fig. imprimées dans le texte.

255. *N. Visscher*. Dessins de fleurs. Dix-huit pièces en 1 vol. in-fol., cartonné.

256. *Voltaire*. La Pucelle d'Orléans, poëme divisé en vingt chants, avec les notes de M. de Morza, 1773. 1 vol. in-8. Figures de Gravelot.

257. *Vriese* (Vredman de). Caryatidum vulgus termas vocat sive Atlantidum multiformium ad quemlibet architecture ordinem ac commodatarum centuria primo in usum hujus artis candidatorum artificiose excogitata. 1 vol. in-fol. oblong mar. brun. (Gruel), contenant seize planches et un titre.

258. — Architectura de oordem tuschana, in tween chedeyltin XII, Stucken, Bequaem en nutteliick..... Antverpen,

1578. 1 vol. in-fol. oblong, mar. brun, tranches dorées (Gruel). Fig. Le titre est remargé.

259. — La Perspective, vingt-deux pièces avec dédicace. 1 vol. in-fol. oblong. mar. Laval., tranches dorées (Gruel), manque le titre de la suite.

260. — Artis perspectiva plurium generum elegantissimo formulae, multigenis fontibus, nonnulisque hortulis affabre factis exornatae, in comodum artificum eorum qui architectura edificiorum comensurata varietate delectantur antea nunquam impressae, inventor Johan Fridmannus Frisius. Antverpiae. 1 vol. in-fol. obl. mar. brun. (Gruel.) contenant 49 planches.

261. — Panoplia seu armamentarium ac ornamenta cum artium ac opificiorum tum etiam exuviarum Martialium, qua spolia quoque aliis appellari consuevere. Gerar de Iode excudebat anno 1572. 1 vol in-fol. oblong, mar. vert, filet, tranches dorées, contenant seize planches et un titre.

262. — Pictores, statuarii, architecti latomi, et quiconque principum magnificorumque virorum memoriae aeternae inservitis... 1563. 1 vol. in-fol., mar. rouge. (Gruel). Contenant vingt-six planches.

262 *bis*. — Arabesques. Huit pièces en 1 vol. in-4, mar. rouge, fil., dos orné, tranches dorées. (Gruel.)

263. — Variae architecturae formae a Joanne Vredemanni Vriesio magno artis hujus studiosorum commodo, inventae. Antverpiae excudebat Th. Gallæus. 1601, 1 vol. in-fol. oblong, mar. brun, contenant quarante-quatre pièces et un titre.

264. — Les Temples. Recueil de trente pièces en 1 vol. in-4, mar. vert, fil., dos orné, tranches dorées. (Gruel).

265. — Les cinq ordres d'architecture. An. 1581. 23 feuilles, un titre et 4 feuilles de texte.

266. — Memorabilium novi testamenti in templo gestorum icones tredecim elegantissimi ac ornatissimi. Antverpiae excudebat Gerard de Jode. Suite de dix pièces.

267. *Vries*. Hortorum viridariorumque elegantes et multiplicis formae ad architectonicae artis normam affabre delineatae a Johanne Vredemanno Frisio. 1615. Suite de quinze pièces avec titre.

> Belles épreuves avec marges

268. *Watteau*. Diverses figures chinoises et tartares, peintes par Watteau. A Paris, chez Chereau et Surugue. Suite de douze pièces avec titre, en 1 vol. in-fol., cartonné.

> Très belles épreuves. Grandes marges.

269. *Wicar*. Tableaux, statues, bas-reliefs et camées de la galerie de Florence et du palais Pitti, dessinés par Wicar, peintre, et gravés sous la direction de C. L. Masquelier, avec les explications par Mongez. Paris, chez Lacombe et L. J. Masquelier, directeur de l'ouvrage, 1789-1807. 4 vol. grand in-fol., fig., demi-rel. mar. rouge.

270. *Wolff*. Résidences mémorables de l'incomparable héros de notre siècle, ou représentation exacte des édifices et jardins de son Altesse Sérénissime Monseigneur le prince Eugène-François, duc de Savoie et de Piémont..... A Augsbourg, 1731. 1 vol. in-fol., mar. vert, dos orné, tranches dorées.

271. *Zahn*. Ornamente aller Klassischen Kunstepochen von Wilhelm Zahn. 1 vol. in-fol. oblong, demi-rel., contenant 100 planches en couleur.

272. *Zompini*. Le Arti che vanno per via nella citta di Venezia, inventate ed intagliate da Gaetano Zompini, 1753. 1 vol. in-fol., demi-rel. veau, contenant 60 gravures, avec titre et table, gravées à l'eau-forte.

Paris. — Typ. PILLET et DUMOULIN, 5, rue des Grands-Augustins.

RED. :

19

MIRE ISO N° 1
NF Z 43-007
AFNOR
Cedex 7 - 92080 PARIS-LA-DÉFENS

379 09 70
graphicom

0 1 2 3 4 5 6 7 8 9 10

BIBLIOTHEQUE
NATIONALE
DE FRANCE

****

CHATEAU
DE
SABLE
1995